L'OPTION

DRAME

EN CINQ ACTES, EN VERS, ÉCRIT EN 1876-1877

PAR

JOAQUIM NABUCO

PARIS

LIBRAIRIE HACHETTE ET Cie

79, BOULEVARD SAINT-GERMAIN, 79

1910

L'OPTION

Photo Lévy.

LA FLÈCHE DE STRASBOURG

L'OPTION

DRAME

EN CINQ ACTES, EN VERS, ÉCRIT EN 1876-1877

PAR

JOAQUIM NABUCO

PARIS

LIBRAIRIE HACHETTE ET Cie

79, BOULEVARD SAINT-GERMAIN, 79

1910

PERSONNAGES

HENRI, prince von FEHRBELLIN, général prussien.
HÉLÈNE, sa femme, née de LUNÉVILLE.
CLOTILDE, leur fille, 22 ans.
ROBERT, leur fils, officier prussien, 21 ans.
Le DUC de LUNÉVILLE, ministre et général français, père d'Hélène.
WALDEMAR, comte von FREUNDSBERG, officier prussien, 30 ans.
Marquis de BELFORT, officier français, 50 ans.
ROGER, vicomte de LUNDGAU, officier français, 25 ans.
HERZ, professeur allemand.
Von SCHONSEE, officier prussien.
Von HELD, officier allemand.
Von GOLDSCH, officier allemand.
L'abbé KIRCHBERG, Alsacien.
OFFICIERS et SOLDATS ALLEMANDS.

Le premier acte se passe à Paris, le 13 juillet 1870, la veille de la déclaration de la guerre; le second au château de Versailles, le 28 janvier 1871; les trois derniers dans un château, près de Strasbourg, le 30 septembre 1872, jour de l'option.

Uniformes et costumes du temps.

L'OPTION

PREMIER ACTE

Un hôtel place Vendôme. On voit au fond la colonne.

SCÈNE I

WALDEMAR ET CLOTILDE

WALDEMAR (à Clotilde, qui lui parle avec admiration de la colonne Vendôme, montrant la statue de Napoléon).

Ce bronze? Vous verrez bientôt, pour se distraire,
Paris le mettre à bas, le mesurer par terre.

CLOTILDE

Les fous! Le lendemain ils l'auraient redressé.
Dieu même ne saurait supprimer le passé.

WALDEMAR

Le passé! Le passé! C'est la faute à nos pères.
La Forêt Noire avait bien des sombres repaires
Où guetter l'ennemi, traquer les conquérants :
Un pays se défend même avec des brigands.

CLOTILDE (doucement ironique).

Hier vous me sembliez, pourtant, moins fanatique....
Me croyant, à l'égard de la force, sceptique,

Vous vouliez me prouver que tout peuple vaincu
Devrait, pour son honneur, s'en montrer convaincu.

WALDEMAR

D'autres nations, oui! mais non pas l'Allemagne.

CLOTILDE (sourit).

Et quel mauvais génie ici vous accompagne?

WALDEMAR

N'allez pas vous fier à ce peuple inconstant,
Qui se plaît à changer d'idée à chaque instant....

CLOTILDE (souriante).

Donnant, pour en prouver la bonne foi, sa vie?
C'est vrai.... mais il n'a pas de haine ni d'envie.

WALDEMAR (troublé).

Clotilde, depuis quand aimez-vous un Français?

CLOTILDE

Depuis quand? Attendez.... (Pause.) Est-ce que je le sais?

WALDEMAR (se reprenant).

Ah! de grâce, arrêtez! Excusez mon reproche,
Mais je sais plus d'un cœur saxon, de vieille roche,
Qui, n'ayant point d'espoir, n'ose rien demander,
Et qu'un regard de vous aurait fait déborder.
Vous seriez tout pour lui, sa conquête suprême....
Oh! n'aimez pas un Celte, il tache ce qu'il aime;

Venez en Allemagne et vous verrez soudain
Des légendes d'amour joncher votre chemin.
C'est là qu'on sait aimer, car c'est là qu'on respecte....
Prussienne, voulez-vous lui devenir suspecte?

CLOTILDE

Suspecte, Waldemar? Et pour quelle raison?

WALDEMAR

Aimer un ennemi, c'est une trahison.

CLOTILDE (riant).

Un ennemi possible?

WALDEMAR

Un ennemi probable.

CLOTILDE (même jeu).

Après la guerre vient la paix, la paix durable,
Où les jeunes amours ont temps de refleurir,
Et les vieux ennemis de ne plus se haïr.

(Sérieuse.)

Abjurer l'Allemagne? Oh! quelle apostasie!
Renier la Musique, avec la Poésie!
Car ses poètes, seuls, et ses musiciens,
Sont entrés dans mon cœur; mes rêves sont les siens.

(Se rapprochant de lui, caressante.)

Le meilleur de son sang circule dans mes veines;
Je sens vos passions, sans ressentir vos haines,
Et si j'aime un Français, c'est d'un cœur allemand;
Je ne saurais jamais rien aimer autrement.

WALDEMAR (à part).

Mon courage faiblit et, lâche, il m'abandonne....
(Haut, dans un grand effort, malgré lui-même.)
Clotilde, ainsi pour vous, moi, je n'étais personne?...

CLOTILDE

Waldemar, vous m'aimiez? Est-ce possible!

WALDEMAR

(Il fait un long geste d'assentiment.) Hé bien!
Oui : je vous aimais tant que vous n'en saviez rien.

CLOTILDE (avec un chagrin sincère pour lui).

Que vous aimiez quelqu'un en secret, j'étais sûre.

WALDEMAR

C'était vous.... Ce n'est pas pourtant de la blessure
Faite là (montrant son cœur) que mon cœur un instant a gémi.
Oh! non! C'est de vous voir passer à l'ennemi....
Car vous étiez pour nous la fière Walkyrie
Que tous rêvaient au champ d'honneur de la patrie.

CLOTILDE (avec sympathie).

Waldemar! Arrêtez! C'est une erreur du sort!
Il la réparera!

WALDEMAR

Vous me donnez la mort.

CLOTILDE (anxieuse).

L'avenir vous attend....

WALDEMAR

Et que pouvez-vous croire
Qu'il me reste après vous?

CLOTILDE

L'Allemagne! La gloire!

WALDEMAR

La gloire!

(Silence, transformation.)

Oui, tu dormais, mon vieil instinct saxon,
Je me réveille enfin, et je sens le frisson
Des vents glacés du Nord sur la peau du Borusse.

(A Clotilde.)

Merci! Vous me rendez tout entier à la Prusse.
La France, je la hais deux fois depuis ce jour :
Et de toute ma haine et de tout votre amour.
Ce seul moment déjà m'a refait une vie,
Bien plus large que l'autre et plus noble : l'envie,
Oui, l'envie allemande, et dont nous, Prussiens,
Plus jaloux, nous avons été les gardiens;
La fièvre, que le sang versé n'a pas guérie,
De la Race qui veut devenir la Patrie....
La haine fait du bien, elle peut s'épancher;
C'est l'amour qu'il fallait, même en mourant, cacher.

Français, bàtard du Franc, ramasse ta framée,
Si l'arme du géant tient aux mains du pygmée!
Viens, marchons sur le Rhin!

CLOTILDE (à part).

Pour endormir l'amant,
Malheureuse, j'aurai réveillé l'Allemand!

WALDEMAR

Adieu! Je ne vous fais qu'une seule prière.
Quand nos soldats auront traversé la frontière,
Et, dans les champs couverts du vaste linceul blanc,
L'on me verra passer, comme le Hun, sanglant,
Au delà de la Seine, au delà de la Loire,
Sans avoir d'autre instinct, d'autre soif que la gloire,
Que de sentir la France écrasée à mon pied,
Ah! trouvez en vous-même un reste de pitié
Pour dire, en me voyant chaque fois plus avide,
Et plus malheureux : « Rien ne comblera le vide
« Qu'il porte dans son cœur, car ce vide, c'est moi! »
J'en deviens l'ennemi mortel de bonne foi....
Vous ne sauriez jamais mesurer ma souffrance,
Mais, je puis vous jurer, tout le sang de la France
Ne saurait assouvir dans mon âme, un seul jour,
Une haine qui prend la place de l'amour.

(Il sort.)

SCÈNE II

HÉLÈNE, HERZ.

HÉLÈNE (se parlant à elle-même).

Que s'est-il donc passé? Je comprends le mystère;
Il n'a pas eu longtemps la force de se taire....

(A Clotilde.)

Laisse-nous un moment.... Va rencontrer Roger...

(Clotilde, en sortant, embrasse Hélène.)

HERZ (à part).

C'est donc un nouveau cas! Encore un étranger!

HÉLÈNE (à Herz).

Maintenant, à Robert!... Dites-moi tout: en somme.
Est-il encore enfant?

HERZ

Il se fait très vite homme.

HÉLÈNE

Est-il déjà soldat?

HERZ

C'est au premier de l'an
Que vous devez le voir, Madame, fait uhlan.

HÉLÈNE

Mais je voudrais de vous, d'abord, une parole
Sur son cœur, son esprit....

HERZ

Un mot qui vous console?

(Riant.)

Il devine déjà l'éternel féminin,
Mais se laisse toujours enivrer du divin.

(Sérieux.)

L'esprit est comme l'arbre; et l'idéal, le rêve,
Telle la fleur, ne vient que par manque de sève.
Il faudra l'émonder avec grande douceur....
Cette tâche me plaît.

HÉLÈNE

Je vous crois, Professeur.

HERZ

Oui! Je compte avancer tellement sa culture....

HÉLÈNE (dédaigneuse).

Qu'il ne soit plus mon fils, mais votre créature?
Sa jeunesse, pour vous, est comme un parchemin,
Que vous râclez, toujours, traçant de votre main
Vos doutes, saturés d'une science amère,
Sur la foi, sur l'amour, hérités de sa mère,
Et vous sentez déjà, sous vos forts dissolvants,
Pâlir mes chiffres saints, mes symboles vivants.
Vous creusez dans la glace.... Allez.... je suis sans crainte.
Vous trouverez la flamme où reste mon empreinte.

HERZ

J'ai vu vos *chiffres saints* et les ai déchiffrés....
Or, parmi les secrets, les trésors enterrés

Par votre amour, Madame, au fond de son enfance,
Il en est un de trop....

HÉLÈNE

Et celui-là, c'est....

HERZ

France!

HÉLÈNE

L'auriez-vous arraché, comme un bleuet du blé?

HERZ

Il a poussé trop bas.

HÉLÈNE (à part).

Ah! j'en avais tremblé!

HERZ

Mais je tâche toujours d'isoler votre sphère,
Le vaste Inconscient où règne encor la mère,
Pour lui faire ignorer que vous avez transmis
A son sang partagé des instincts ennemis.
J'ai mission d'en faire un ennemi des vôtres,
Un Prussien, en un mot, aussi fier que les autres.
Vous en feriez, Madame, un ami des Français:
S'il les aime, c'est nous qu'il haïra.

HÉLÈNE

Jamais!

HERZ

Tout amour de patrie, et votre âme en est pleine,
A, lorsqu'il est sincère, une moitié de haine.

HÉLÈNE

Pour la Prusse il sera toujours prêt à mourir;
Mais, même en le voulant, il ne peut nous haïr;
Son cœur n'en aurait pas, Dieu merci, la puissance.

HERZ. (ironique).

C'est le prix qu'il aura payé pour sa naissance.
(Sérieux.)
Mais non! Vous le verrez se retremper au feu,
Jeter à ces soupçons un sanglant désaveu.

HÉLÈNE

Mon fils est donc aux mains d'un professeur de haine!

HERZ

Oui, c'est là mon programme.... Il le commence à peine;
Étant né pour la guerre, il apprend son métier.

HÉLÈNE (le défiant, mais troublée).

Je ne crains rien, il peut suivre le cours entier.

HERZ (sortant et se parlant à lui-même, avec enthousiasme).

La haine est le fossé de notre citadelle,
Ses murs et son rempart, sa vedette éternelle.
Haine-amour, amour-haine, un même sentiment;
Les deux faces du cœur; l'accord de l'instrument.
Pour rester libre, il faut garder l'âme sauvage.
Sans la haine, l'amour n'est plus que l'esclavage.

SCÈNE III

HÉLÈNE (seule).

HÉLÈNE

Robert, mon pauvre enfant, pour la première fois,
La vérité me vient du dehors, je la vois.
Pouvais-je te cacher, moi, que j'étais Française !
Devant le fils faut-il que la mère se taise ?
Mais lorsque, ne pouvant, au moins te partager,
J'ai dû faire de toi, moi-même, un étranger,
Que t'ai-je demandé de plus, en ma souffrance,
Que d'aimer ton pays, mais sans haïr la France ?
J'ai tenu ma parole et, si j'en ai gémi,
L'épouse a respecté dans son fils l'ennemi....

(Pause.)

L'ennemi généreux, le rival politique ;
Non pas cet ennemi haineux et fanatique,

(Apercevant Henri qui entre.)

Que tu ne saurais être, étant né de nous deux,
De notre amour profond, de nos communs aveux.

SCÈNE IV

HÉLÈNE ET HENRI

HENRI (l'embrassant).

Encore dans vos yeux la trace d'une larme !
Ma vie est désormais une constante alarme.

2

HÉLÈNE

Nous parlions de Robert.... Il ne doit pas venir
De sitôt.

HENRI (à part).

Je comprends.... Toujours ce souvenir.
(A Hélène.)
Vous souffrez en secret.... Vous n'êtes plus la même.

HÉLÈNE

Pourtant, aujourd'hui comme autrefois, je vous aime.

HENRI (sérieux, la regardant).

C'est bien notre bonheur, Hélène, qui s'en va....

HÉLÈNE (souriante).

Depuis quand suis-je ainsi?

HENRI

Vous? (Pause.) Depuis Sadowa.
Un tel jour ne fut pas pour vous un jour de fête;
Vous m'auriez mieux aimé rentrant de la défaite.

HÉLÈNE

Un présage, qui sait? En prenant votre nom,
J'ai conçu notre amour, rêvé notre union,
Comme le premier trait, Henri, d'une alliance
Qui grandirait la Prusse, en grandissant la France.

HENRI

Je l'invoque toujours notre bonheur passé;
Le moindre souvenir n'en est pas effacé.
Le soir où, vous livrant le secret de mon âme,
Je vous ai demandé, tremblant, d'être ma femme,
« Je sais, m'avez-vous dit, que vous êtes soldat,
Que vous avez un nom plein d'honneur et d'éclat,
Qui dans la guerre sort plus grand de chaque affaire;
Un de ces noms que Dieu met des siècles à faire.
Le mien n'est pas plus humble; il est tenu pour Franc;
Nous sommes nés ainsi tous deux au même rang.
Mais ces noms ennemis, et le mien et le vôtre,
Racontent les revers que l'un subit de l'autre,
Et de chacun d'eux tout un grand peuple est jaloux.
Malgré tout, je vous aime et je veux être à vous. »

HÉLÈNE

Et j'ai même ajouté : « J'ai foi dans la justice;
Je n'ai pas mérité l'indicible supplice
De voir, le cœur brisé, me disputer un jour,
D'un côté mon pays, de l'autre mon amour.
Mais si ce jour-là vient, je courberai la tête,
En vous voyant partir, et je resterai prête,
Quand vous me reviendrez, vaincu, mais généreux,
A vous aimer deux fois, vous sachant malheureux. »

HENRI

Vous escomptiez toujours le succès, la victoire,
Et nous voyiez vaincus.

HÉLÈNE

Non! Vous pouvez me croire :
Quel que fût votre sort, prisonnier ou vainqueur,
Je vous aurais gardé toujours ce même cœur.

HENRI

Mais les temps sont changés et l'Allemagne est prête.

HÉLÈNE

N'importe! Ce serment encor je le répète.

HENRI (sans y croire).

Vous venez de signer une traite de sang....

HÉLÈNE

Et je crois tant en vous que je la signe en blanc....

HENRI (avec grande tristesse, à part).

Elle ne pressent pas la grandeur de l'épreuve;
Ce jour-là je voudrais, moi, qu'il la trouvât veuve.
(Une pause, haut.)
Hélène, croyez-le, le peu qui m'est permis
Par la loi de l'honneur et l'amour du pays,
Je le ferai content, pour briser le dilemme
Que notre amour créa pour vous et pour moi-même.

HÉLÈNÉ

Mais quels pressentiments! Tout nous a réussi;
Pendant vingt ans déjà, jamais un seul souci;
Ma crainte d'autrefois s'est vite dissipée.

HENRI

Je vous ai livré tout, excepté mon épée.
Et la Prusse aujourd'hui la prend pour instrument....

HÉLÈNE

De sa rancune?

HENRI

Non! De son avènement.

HÉLÈNE (troublée, mais voulant le cacher).

Ne parlez pas de guerre; aujourd'hui, c'est ma fête.
Embrassez-moi plutôt, monsieur le faux prophète.

(Il l'embrasse tendrement, mais se dégage soudain.)

HENRI

Le Roi déjà m'attend.... Au moment de l'adieu,
Je me confie à toi, je te confie à Dieu!

HÉLÈNE (foudroyée).

Ce départ! C'est la guerre! Impossible! La guerre!
Attends, attends, Henri!

(Le duc paraît à l'autre porte.)

Sauvez-nous-en, mon père!

SCÈNE V

HÉLÈNE ET LE DUC

LE DUC

Tout est prêt!

HÉLÈNE

Parlez donc!

LE DUC

Nous la tenons enfin!
La Prusse, croirais-tu, n'a pas assez du Rhin,
Et veut pour l'aigle noir l'aire des Pyrénées....
Tu vois, c'est un essaim d'ambitions mort-nées.

HÉLÈNE

Pour l'arrêter, un mot de la France suffit.
Dites-le sans retard et sans crainte....

LE DUC

Il est dit.

HÉLÈNE

Vous ont-ils répondu déjà par un outrage?

LE DUC

Oh! non, les Allemands ont peur de leur courage.

HÉLÈNE

Alors on nous croira devenus coutumiers
Du plaisir dangereux de tirer les premiers.

L'Allemagne, pensez, c'est vous qui l'avez faite,
Elle est sortie armée un jour de votre tête.
Vous voulez la briser maintenant? C'est trop tard.
Deux fois elle a tourné *les gros dés du hasard*;
Le destin de sitôt n'en ferait pas divorce,
Et, n'ayant pas le droit, vous n'auriez pas la force.

LE DUC

Je tremble à t'écouter, mais sans croire un moment
Que tant d'émotion cache un cœur allemand.
La France n'aime plus que l'émeute ou la guerre;
Tout pouvoir, pour durer, doit toujours la distraire
Des spectacles de sang peuvent seuls, aujourd'hui,
D'un peuple déjà vieux tuer l'immense ennui.

HÉLÈNE

Alors que pourriez-vous? Une race frappée
Ne saurait soulever le poids de notre épée.
Non! si ce peuple crie : « Ou gloire ou liberté! »
C'est qu'il n'a rien perdu de sa vieille fierté,
Et qu'il se sent encor l'élan de sa jeunesse
Pour défendre, en soldat de Dieu, son droit d'aînesse.
Mais sa force toujours, il la puise en son droit;
Faible s'il doute, il est invincible s'il croit;
Et maintenant, voyant son bras tirer le glaive,
Sans que la passion, au moins, le lui soulève,
Je vous demande à vous, dites par un regard :
Est-on sûr de n'avoir livré rien au hasard?
Je n'aurais que mes pleurs, c'est peu pour vous convaincre....
Ayez tort, mais, du moins, en étant sûr de vaincre.

LE DUC

Un cœur n'est plus français, lorsqu'il l'est à demi;
Ton nom, tu l'échangeas contre un titre ennemi;
Mais j'étais fier de toi, c'était ma joie unique
De voir ta loyauté française et catholique....
Explique-toi donc!

HÉLÈNE

Moi! Je souffre beaucoup trop!
Il me paraît ouïr leur terrible galop.
Je le sais, c'est en vain que, malgré tout, j'espère!
Ce sont eux, croyez-moi, qui veulent cette guerre.
Ils l'attendent d'un cœur impatient, mais fort,
Qui, tout en la voulant, vous en laisse le tort,
Je les ai vus, moi-même, en des nuits de souffrance,
Dresser, depuis dix ans, l'inventaire de France.
Ils savent tout. Souvent, dans nos étroits sentiers,
Où l'on n'a jamais vu nos meilleurs forestiers,
Dans l'eau de nos marais, où le troupeau patauge,
Dans nos ravins profonds, sur la ligne des Vosges,
Ils ont passé partout, en comptant chaque pas.
Cachant, pendant le jour, la carte et le compas,
Planant comme un faucon, rampant comme un reptile,
Mesurant tout d'un œil qu'on dirait immobile,
Ils ont pris le profil de tout notre pays,
Du Rhin à l'Océan, en passant par Paris.
Même sous vos bienfaits leur rancœur fut constante;
Leur espoir ne s'est pas fatigué de l'attente;
Et chacun d'eux connaît la France mieux que vous,
Car vous l'aimez, tandis qu'eux, ils en sont jaloux.

LE DUC

Tous les noms allemands que portent leurs défaites
Devraient mieux leur montrer où nos guerres sont faites.

HÉLENE (voyant sa décision).

Ah! voyez! devant vous se lèvent du tombeau
Tous nos grands rois portant leur glorieux drapeau.
Le premier est Clovis, le second Charlemagne,
Né roi des Francs et mort empereur d'Allemagne;
Philippe Auguste avec la bannière des lys;
Après, le justicier du peuple, saint Louis;
Le sombre Louis Onze et le franc Henri Quatre;
Louis Quatorze; tous! sachant qu'on va se battre....
Jeanne d'Arc, auprès d'eux, regarde Richelieu;
Ils ont fondé la France, ils l'ont faite avec Dieu;
Mais, en vous écoutant, aucun d'eux ne déploie
L'oriflamme et ne crie à leur peuple : Montjoie!
Car vous allez demain, aveuglés à demi,
Jeter leur bonne épée aux pieds de l'ennemi.

LE DUC (l'arrêtant).

Ton histoire de France est par trop surannée;
La Prusse de leur temps n'était pas encor née.
Pour inspirer ce règne, il est un autre nom,
Plus grand, vivant encor.... Tu sais, Napoléon.

HÉLÈNE

C'est ce nom qui vous perd, c'est ce nom qui nous tue.

(Montrant la colonne Vendôme.)

Napoléon, voyez, n'est plus qu'une statue.

LE DUC (voyant Hélène qui s'est mise à genoux et prie).

Tu n'oses l'espérer, mais, la mort dans le cœur,
Tu voudrais voir Henri te revenir vainqueur.
C'est bien là le soupir, le sanglot, qui t'opprime?
Tu te mets à prier.... Ta prière est un crime.

HÉLÈNE (se relevànt).

Je demandais à Dieu, pour vous, le meilleur sort
Qui puisse vous échoir, le pardon de la mort.

LE DUC (riant).

Ainsi tu veux ma mort avec notre défaite?
Quant à mon sort, qui sait? tu seras satisfaite.
(Sérieux.) Mais tu ne verras pas notre France au déclin.
Le glas n'a pas sonné pour le monde Latin;
Les premiers rôles ont toujours été les nôtres;
Ce peuple le premier se sifflerait en d'autres.

HÉLÈNE (se traînant à genoux vers lui, et le caressant avec grande tendresse et pitié).

Non, il est temps encor de retenir pour nous
Nos provinces de l'Est! Je t'en prie à genoux....
Car je vois ce pays te montrant à la terre
De ses bras mutilés : « C'est l'auteur de la guerre! »

LE DUC

La blessure vaut mieux qu'un affront supporté.

HÉLÈNE

La conquête serait la fin de sa fierté.

LE DUC (riant, sûr de la victoire).

Le phénix saurait bien renaître de sa cendre.
Ton nom était Hélène ; on te change en Cassandre....
Je ne veux pas pourtant encor te condamner ;
J'aime mieux d'abord vaincre et puis (l'embrassant) te pardonner.

(Hélène l'accompagne jusqu'à la porte, anéantie.)

SCÈNE VI

CLOTILDE, ROGER, HÉLÈNE, puis WALDEMAR

(Hélène au fond. La nuit est tombée ; on a oublié d'éclairer. Clotilde et Roger sans voir Hélène).

ROGER

Clotilde, je sais bien quelle ligne est tracée
Entre nos berceaux. Vous, qui l'avez traversée,
Hier, pour m'accepter soldat, en votre cœur,
Me refuserez-vous me revoyant vainqueur?

(Ils causent à voix basse.)

Votre mère saura vous donner du courage,
Et notre amour sera l'épave du naufrage.

(Ils se parlent encore quelque temps à voix basse, on entend cette phrase.)

ROGER (avec confiance).

Nous serons à Berlin....

CLOTILDE (sans bien s'en rendre compte).

Vous! Quand?

ROGER

Après Noël....

CLOTILDE (stupéfaite).

Oui?

ROGER

Pour voir l'Empereur....

CLOTILDE (cherchant dans l'avenir).

Voir l'Empereur (Pause). Lequel?

(Hélène se relève lentement sans les voir. Roger sort et Clotilde, après avoir accompagné jusqu'à la porte, très émue et agitée, vient et sort sur le balcon aux premières rumeurs de la foule).

HÉLÈNE (priant debout; au dehors une rumeur de manifestation lointaine).

Seigneur, rappelle-toi. Du bord de la défaite,
Que la France triomphe, et puis qu'elle rachète
Cette injuste faveur par de nobles malheurs;
N'épargne ce jour-là ni son sang, ni ses pleurs.
Mais, cette fois encor, déchire ton oracle,
Et pour la délivrer fais un dernier miracle.
Même au prix le plus cher pour nous, la liberté,
Arrache de leurs mains, du moins, son unité....
(Découragée.)
Qu'ils ne puissent, contents, achever son supplice;
Sois bien leur allié, mais non pas leur complice!

CLOTILDE (du balcon, à Hélène qu'elle vient de voir — la rumeur s'accentue et des feux sont parfois allumés qui éclairent la colonne Vendôme).

Mère, viens voir, Paris, comme un grand fleuve a crû
Et déborde son lit....

HÉLÈNE

Je n'aurais jamais cru!

CLOTILDE

Entends-tu ce que crie à l'unisson, la foule?
Elle avance vers nous comme une immense houle.

HÉLÈNE (dans l'angoisse).

Que je m'étais trompée!

VOIX AU DEHORS

A Berlin! A Berlin!

HÉLÈNE (de même).

C'est le Chant du Départ! Ils demandent le Rhin!

CLOTILDE

Il souffle, à la Colonne, un ouragan de haine.

VOIX AU DEHORS

A Berlin! A Berlin!

CLOTILDE

La place entière est pleine
De clameurs de conquête. Un moment on s'est tu
Pour qu'on réponde. Eh bien, comment répondrais-tu,
Mère, si tu pouvais, à leur folle assurance?

HÉLÈNE (s'avançant jusqu'au balcon, sans que Clotilde ni Waldemar, qu est entré, puissent la retenir, à la foule en bas) :

Arrêtez! Arrêtez! Que Dieu sauve la France!

(Voix du dehors : « A Berlin! A Berlin! ». Elle tombe. Par un effet des feux allumés sur la place, la colonne Vendôme semble osciller aux clameurs de la foule).

FIN DU PREMIER ACTE

ACTE II

Appartement au château de Versailles.

SCÈNE I

HERZ, LE MARQUIS DE BELFORT.

HERZ (sans voir Belfort).

Quelle grande journée.... Oh! ce fut magnifique!
Mais que vaudra la vie après ce jour unique?
Vous auriez tout donné pour ma place, vous trois,
Stein, Scharnhorst, Hardenberg, les géants d'autrefois,
Pour voir votre Margrave Empereur d'Allemagne,
Ton égal, Barberousse, et le tien, Charlemagne!
Ah! que n'étais-tu là, pure comme le lys,
Toi, Louise de Prusse, à regarder ton fils?
On t'aurait acclamée Impératrice, ô Reine!
Des minnesinger seuls rediraient cette scène :
Le parfum du passé ne reste qu'en leurs vers.
J'avais rêvé pourtant un décor bien divers :
Non le couronnement sous l'ombre de Versailles;
Mais le sacre au canon, sur le champ de bataille.
Car rien n'éclipsera Louis Quatorze ici,
Pas plus que Frédéric le Grand à Sans-Souci.

(Une pause. Voyant Belfort.)

Comment? Vous, prisonnier?

BELFORT

Oui, moi-même, en personne.

HERZ

Vous étiez donc soldat?

BELFORT

Et cela vous étonne!
C'est le métier de tous ceux qui portent mon nom....

HERZ

Ah! certes, je n'ai pas cette bonne raison
Pour prendre l'uniforme et vous faire la guerre;
Car je suis professeur, et non pas militaire.

BELFORT

Et que professez-vous, puis-je savoir?

HERZ

Le droit.

BELFORT

Comment vous trouvez-vous alors en cet endroit?

HERZ

Mais la force et le droit sont de la même essence.
Pour mieux dire, le droit est la force qui pense.
Je le vois naître ici de sa source : le fait
Qui sait se transformer en un principe abstrait.

BELFORT

Vous faites donc la guerre en savant?

HERZ

En juriste.

BELFORT

Et quelle est votre foi?

HERZ

Moi? Je suis Pessimiste.

SCÈNE II

LE MARQUIS, HÉLÈNE

(Un officier introduit la Princesse).

HÉLÈNE

Et mon père?

BELFORT

Il a bien fait sa cour à la mort;
Elle n'en voulut pas, il accepte son sort;
Et nous sommes tous fiers du soldat sans reproche.
Le temps de son retour, hélas! n'est que trop proche;
Il vous racontera ce terrible succès.

HÉLÈNE

L'auriez-vous oublié?

BELFORT

Moi, l'oublier jamais?

Nous étions là ; l'armée en siège est toujours sombre,
La valeur n'y pouvant rien contre le nombre.
A l'abri de nos forts, nos soldats, sans l'orgueil
Du passé, dans leurs cœurs cachaient un double deuil.
Nous voulions nous ouvrir un chemin par les armes ;
Les vétérans avaient les yeux noyés de larmes.
Quand un jour on apprit que c'était le moment,
On leur aurait pu voir comme un rayonnement
D'espoir, presque de joie ; aucun front n'était blême.
Vaincre ou mourir ? Chacun se posait ce problème,
Et chaque sort, des deux, nous semblait le plus beau.
Ce qu'on voulait, c'était déployer le drapeau ;
On allait à la mort comme à la délivrance ;
Nos soldats ne songeaient qu'à rejoindre la France.
Mais les Prussiens veillaient. Au delà des remparts,
La grêle des obus pleuvait de toutes parts.
L'effort du désespoir fut aussi vain qu'intense ;
La mitraille doublait sous nos pas la distance.
Nous ignorions combien sont rudes les combats
Avec un ennemi qu'on ne rencontre pas.
Nous eûmes à rentrer. A travers la fumée,
J'ai pu voir votre père au-devant de l'armée....
Il n'est pas revenu. Le boulet des Prussiens,
Qui l'a touché, l'a pris fort en avant des siens,
Il est tombé chez nous, hors la ligne allemande ;
Il s'était avancé tout seul ! Et je demande
S'il est rôle plus fier, parmi tant de débris,
Que d'accepter pour soi tous les torts du pays.

(Pause.)

Vous éveillez en moi, sans vous en douter, certes,

Le souvenir de tant d'irréparables pertes,
Que vous voyant, toujours la même, dans ces lieux,
Je dois, mais je ne puis croire même mes yeux....
Ah! pourrais-je, faisant antichambre, à Versailles,
Au général prussien, après tant de batailles,
Ne pas me rappeler que, la première, un jour,
Vous l'avez deviné par l'instinct de l'amour?
Votre choix commença brillamment sa fortune....
Pour la première fois, je vous en ai rancune.

HÉLÈNE

Vous ne craignez donc pas d'être injuste, Marquis!
Vous oubliez mon nom, mon sang et mon pays!

BELFORT

Je ne puis vous cacher rien de ce que je pense,
Et je vous blesserais bien plus par mon silence.
Comme Français, je dois vous le dire tout haut :
Pour venir au quartier allemand, c'est trop tôt.
Madame, je vous parle au nom de votre race.
Ce château de nos rois, ce n'est pas votre place;
Vous n'y pouvez rester....

HÉLÈNE

Si mon cœur m'en absout?

BELFORT

Dites que son amour vous console de tout.

HÉLÈNE

Eh bien, je viens trouver ici l'homme que j'aime....
Répétez-le, monsieur; je vous l'ai dit moi-même.

Je n'ai pas honte, moi, d'avoir franchi ce seuil;
Je puis entrer partout, y portant mon orgueil.
Et maintenant... sortez. (Se reprenant.) C'est l'ordre d'une femme.

LE MARQUIS

Au quartier allemand, j'étais chez vous, madame!

(Il s'incline et sort. Henri voit du fond de la galerie ces derniers mouvements.)

SCÈNE III

HÉLÈNE (seule).

Je ne mérite pas à ce point le mépris....
Ce qu'il pense, demain le pensera Paris;
Je suis perdue aux yeux, moi, de la France entière.
Mais malgré son dédain, je me sens toujours fière
De ce que j'ai souffert pour venir jusqu'ici!
Oh! pour mon nom déjà je n'ai plus de souci.
Quand parfois m'égarant, j'ai franchi notre ligne,
Je croyais écouter tout bas ce mot — l'indigne!
Mais cet éclair, aux yeux de la foule en haillons
De ce qui reste encor de nos vieux bataillons,
Au lieu de m'arrêter me donnait du courage....
La haine qui s'épand d'un cœur fermé soulage.

(Pause.)

Ivres de leur colère, ils vont jusqu'à demain
Oublier que, depuis deux jours, on meurt de faim.

(Pause.)

Pour la première fois, je sens ma voix qui tremble.
Aurions-nous peur, tous deux, de nous trouver ensemble

(Voyant Henri.)

Ah! le voilà qui vient. Mon Dieu! qu'il est changé!
Sur ses cheveux combien de douleur a neigé!

SCÈNE IV

HÉLÈNE, HENRI

HENRI

Hélène, vous ici? Quelle douce surprise!
Ah! venez sur mon cœur; plus près, que je vous dise
Tout ce que j'ai souffert, loin de vous, ces longs mois.

HÉLÈNE

Oui, si longs qu'il paraît qu'on rêve quelquefois....

HENRI (la regardant avec amour).

Et Robert! qui ne put rejoindre à temps sa place!...

HÉLÈNE

Ce terrible accident! L'idée encor me glace.

HENRI

Il ne recevra plus son baptême de feu.
La campagne est finie, on rentrera sous peu.

Une autre chance? Quand? Dans cinquante ans, peut-être...
La guerre est un laurier bien tardif à renaître.
Mais parlons de vous-même....

HÉLÈNE (suppliante).

Ah! soyez mon abri!
Je suis venue entendre, et de vous-même, Henri,
La vérité. Partout on me dit, en mystère,
Que l'on va prendre Metz comme rançon de guerre.
Dites qu'on m'a trompée.... Un geste seul... un mot!
Vous n'appartenez pas, du moins, à ce complot?

HENRI

Le vainqueur n'aurait pas le pardon de la France....
La conquête pour nous, c'est le droit de défense.
Un Empire nouveau sur les deux bords du Rhin
Doit, pour rester debout, avoir des pieds d'airain.
L'Allemagne ne veut plus rien, et ne demande
Que de redevenir tout entière allemande....

HÉLÈNE (avec douceur).

Oh! non! même au moment de vaincre, voulez-vous
Que toutes les pitiés se concentrent sur nous?
Ou que l'on pense, à voir comme la paix fut faite,
Que vous craignez déjà la prochaine défaite?
Auriez-vous donc besoin, vous, si vite vainqueur,
D'une grande muraille autour de votre cœur?
Non, votre armée, Henri, vous suffit pour frontière.
Attachez-vous la France en la laissant entière.

HENRI

Ma trahison n'aurait, croyez, qu'un résultat :
Mon déshonneur; restez l'épouse du soldat.
Oh! ne nous rendez pas malheureux l'un et l'autre.
Je m'attache à mon nom! Il est aussi le vôtre.

HÉLÈNE

J'abandonnai le mien, oui! mais le conquérant,
Au lieu de l'effacer dans le sien, me le rend....

HENRI (avec tristesse).

S'il n'était plus le vôtre, au moins pensez, Hélène :
Je suis l'anneau de fer d'une éclatante chaîne,
Vieille de siècles et loin encor de finir :
J'ai devoir d'attacher au passé l'avenir.
Tout partage en ce nom, je comprends qu'il vous pèse :
Mais il faut que le doute en vos lèvres se taise.
Vous êtes mère, Hélène, et mon titre est celui
Que Robert doit porter; défendez-le pour lui.

HÉLÈNE (avec amour, suppliante).

Non, croyez qui vous parle ici, c'est votre femme.
Je vous aime toujours, et de toute mon âme,
Et j'aime votre gloire et votre nom chéri,
Mais, ne l'oubliez pas, je suis Française, Henri.
L'unité de ma vie est faite en ma pensée.
La France, hier encor, je l'avais délaissée
Pour vous, car vous étiez alors l'amour plus fort,
Celui que rien ne peut soumettre que la mort;

Et c'est elle aujourd'hui qui déjà vous efface,
Car l'amour menacé, maintenant, c'est l'Alsace.
Croyez-moi, vous seriez, dans l'avenir, plus grand,
Restant vainqueur : c'est plus que d'être conquérant.
Montrez-vous digne à tous d'avoir vaincu la France.

HENRI

Et comment?

HÉLÈNE

En laissant aux vaincus l'espérance.

HENRI

Eh bien! Attendez là.... Vous verrez sur-le-champ
Ce que je puis pour vous.

HÉLÈNE

Quoi?

HENRI (il sonne, un officier se présente. A l'officier).

Mes aides de camp.

(L'officier sort.)

Vous les écouterez, sans qu'aucun d'eux soupçonne
Votre présence ici....

HÉLÈNE

Qui le croirait? Personne!

SCÈNE V

HENRI, HÉLÈNE (derrière un paravent), VON SCHONSEE, VON HELD, VON GOLDSCH, puis HERZ.

HENRI

Paris va succomber. Je voudrais votre avis
Sur nos conditions de paix. Si le pays
Peut, certain de sa force, amnistier la France,
Je puis faire peser ce vœu dans la balance,
Engageant mon honneur. Êtes-vous convaincus
Que nous puissions signer la grâce des vaincus?

VON SCHONSEE

Ils nous ont provoqués pour avoir la frontière
Du Rhin... nous ne pouvons laisser la leur entière!
Un tel traité serait, après tant de combats,
Le premier et le seul revers de nos soldats,
La France le prendrait pour la première étape
Déjà de sa revanche....

VON HELD

Ah! si Metz nous échappe,
Si vous nous le prenez pour le rendre aux Français,
Ce seront les Prussiens les vaincus de la Paix,
La Prusse nous donna, Prince, une autre consigne:
Ce que son sang écrit, chacun de nous le signe.

VON GOLDSCH

L'Allemagne est partout où l'on parle allemand.
C'est là le signe vrai, qui jamais ne dément
L'héritage de race, et seul un peuple exsangue
N'étend pas sa frontière aux confins de sa langue.

HERZ (qui est entré et a entendu von Goldsch).

Indigne de la reine aux mots fiers, au cœur fort,
Qui disait de son fils : *Plutôt que tondu, mort!*
La Gaule, plus qu'au sceptre, aspire à la tonsure....
Eh bien, coupez-la lui, sa blonde chevelure
Allemande, l'Alsace, et son front désormais
Ne saurait retenir le bandeau de fer — Metz.

(Henri accompagne jusqu'à la porte ses aides de camp, en leur parlant à voix basse avec énergie).

SCÈNE VI

HENRI, HÉLÈNE

HENRI (doucement).

Vous entendez ? Je suis plus qu'un homme : une race,
Qui se présente au monde et demande sa place.
(Pause ; ils se regardent.)
Pour être juste, au moins, rappelez-vous ceci :
La France nous aurait écrasés sans merci.

HÉLÈNE

Écoutez, je croyais en vous plus qu'en moi-même.
Le premier jour que vous m'avez dit : « Je vous aime ! »

Tremblante devant vous, écoutant cet aveu,
Je croyais, éblouie, avoir l'amour d'un dieu.
A tracer ce portrait tout mon cœur se soulève;
Je tombe, croyez-le, des hauteurs d'un grand rêve.
La preuve que tantôt je vous jugeais ainsi,
C'est que je vous aimais, c'est que je suis ici!
Il fallait croire en vous d'une forte espérance
Pour venir vous trouver seule, devant la France.
Ce dont je vous accuse, ah! c'est d'avoir, vingt ans,
Et vingt ans ce n'est pas une heure, c'est longtemps,
Soustrait à mon regard le vrai fond de votre âme,
Et de garder ainsi tout l'amour de la femme.
Votre cœur pour le mien resta toujours fermé;
Votre faute envers moi... c'est que je vous aimai!

(Elle va sortir.)

HENRI

Attendez un moment!

SCÈNE VII

HENRI, HÉLÈNE, LE MARQUIS, PUIS HERZ, SCHONSEE ET D'AUTRES OFFICIERS PRUSSIENS.

HENRI (faisant entrer le marquis de Belfort. A Belfort).

La princesse est venue
A mon quartier, marquis, sans qu'on l'ait reconnue,

Disputer, en Française, aux conquérants leur part.

(Émotion du marquis.)

Ne pouvant pas fléchir leur rigueur, elle part
Pour ses terres de France, où, la guerre finie,
J'irai la retrouver. Pour que la calomnie
Ne l'atteigne jamais, veuillez l'accompagner.

(Avec un sourire triste.)

Vous êtes prisonnier, je puis vous assigner
Son château pour prison....

HÉLÈNE (à Belfort avec bonté).

Je me rends en Alsace.

BELFORT (s'inclinant devant elle).

Devant votre action mon vain soupçon s'efface.

HERZ (entrant avec plusieurs officiers).

Paris vient de tomber.

UN OFFICIER

Si tous ses monuments
Ne sont pas cendre encor, c'est grâce aux Allemands.

HERZ

Enfin, nous triomphons et la France est finie;
L'Allemagne n'est plus sous son hégémonie;
L'idée a dû s'ouvrir son chemin par le fer;
Rome peut s'écrier : « Tu vaincs, Martin Luther! »

HÉLÈNE (de loin, se tournant vers le groupe allemand qui s'est formé autour du prince).

Si la France mourait, ce serait comme Athènes.
On sentirait sans cesse, au fond de l'âme humaine,
Le remous éternel de son dernier élan.
La lune, éteinte aussi, soulève l'Océan;

FIN DU DEUXIÈME ACTE

ACTE III

Un château en Alsace, près de Strasbourg.

SCÈNE I

LE MARQUIS DE BELFORT (seul).

J'ai gardé mon secret! Elle s'en doute à peine,
Que je l'aimai... que je... Non! c'est trop tard. Hélène!
Hélène! ce nom-là, que de fois j'avais peur
De l'entendre plus haut qu'un battement du cœur!
Ce songe a traversé ma vie, ainsi qu'un fleuve,
Qui verdit le désert, et dont le roc s'abreuve.
Il est doux de sentir dans la jeunesse, un jour,
Serpenter dans le cœur ce gros torrent, l'amour.
Mais savez-vous aussi, par hasard, ce qu'on souffre,
S'il disparaît d'un coup, tout entier, dans le gouffre?
Quand le Niagara s'approche, sans le voir,
De l'abîme, ses eaux brillent vertes d'espoir;
Puis, un instant après, inconscient, sauvage,
Il s'y jette en écume et remonte en nuage.
Combien de fois, assis sur ses bords, je pensai
A ces chutes sans fond, où ma vie a passé,
Lorsque soudain le cœur de la femme qu'on aime
Manque sous notre amour devant le vide même....

SCÈNE II

LE MARQUIS, LE DUC

BELFORT

Ah! le duc! lui!

LE DUC

Belfort! vous m'avez reconnu....
J'arrive de l'exil....

BELFORT

Soyez le bienvenu.
Vous vous croyez haï dans chaque coin d'Alsace,
Mais tout foyer français vous gardait une place.
Nous savons tous combien vous avez dû souffrir.

LE DUC

Et je vis, car j'étais indigne de mourir!

BELFORT (lui montrant Hélène qui vient).

Votre fille vous voit et vous entend.

LE DUC

Silence!
Elle est plus que mon juge, elle est ma conscience.

SCÈNE III

LES MÊMES, HÉLÈNE

HÉLÈNE (se jetant dans les bras du duc).

Ah! Je vous attendais, mon pauvre père! Vous!
Laissez-moi me jeter à vos pieds; à genoux,
Vous demander pardon. Je sais, je fus cruelle,
Je me sens, devant vous, comme une criminelle.
J'ai souhaité du fond de mon cœur votre mort.

LE DUC (la retenant).

Ton instinct devinait. C'était le meilleur sort
Que je pouvais vouloir!

HÉLÈNE

Non, ce fut un blasphème.

LE DUC

Ce fut le cri du cœur! A ce moment suprême,
Où ton propre bonheur allait s'évanouir,
Ta pitié ne pouvait, Hélène, te trahir.
Oui! J'ai voulu mourir. Maintenant quand je pense,
Qu'une mort glorieuse est une récompense,
La plus grande, je suis content d'avoir vécu.
Ce pauvre pays en serait-il moins vaincu,
Si j'étais mort? Toujours il serait à sa tâche.
Toute pitié que l'on a de soi-même est lâche.
Ah! j'ai honte d'avoir été faible un moment;
Je dois vivre. C'est là le seul vrai châtiment.

4

HÉLÈNE

La France est généreuse, et son âme est trop haute
Pour rejeter sur vous tout le poids de la faute.
Elle prend vos malheurs, ayant pris vos succès.
Votre crime, ce fut l'erreur d'un cœur français.
Nos désastres, malgré l'auteur qu'on en soupçonne,
Restent l'œuvre de tous et l'œuvre de personne.
Nul n'aurait pu prévoir des coups si foudroyants.
Un homme seul? C'est peu pour des revers si grands.
Venez me raconter votre dure campagne.
Désormais je serai, père, votre compagne.
Aidez-moi, je pressens qu'il va trop me coûter
De voir notre pays se rompre en deux, — opter.

(Elle sort appuyée sur son père.)

SCÈNE IV

LE MARQUIS, SEUL (assis, lisant un journal).

Quel est le sens exact de ce mot *la patrie*,
Si notre instinct se trouble à ce point et varie ?
Si l'on reste devant l'ennemi sans pouvoir
Sûrement distinguer le crime du devoir?

(Il rejette le journal.)

Hélas ! pour nous unir, il n'est plus une cause
Qui paraïsse assez grande, où le cœur se repose.
On s'arrache déjà les trois pans du drapeau ;
Chaque couleur en est comme un sanglant lambeau.

(Pause.)

Jadis on regardait au delà de l'année,
Toutes les nations souffraient leur destinée.
Notre temps, au contraire, est impatienté,
Et sa douleur s'accroît de son anxiété.
On ne sait plus souffrir; notre âme est insoumise;
Tout ce qui nous arrête un moment, on le brise.
Notre tradition, notre vieille unité
De pensée et de cœur gêne (avec dédain) *la liberté.*
Comment donc renouer le fil de notre histoire,
Joindre à ces jours de mort de nouveaux jours de gloire?...

(Reprenant le journal, lisant.)

« Ouvrons un large lit au flot de l'avenir;
On ne peut le barrer avec le souvenir. »
Non, mais l'avenir seul fait d'horribles ravages,
S'il n'a pas le souci, l'amour des autres âges....

(Pause.)

Nous ne demandons rien que de porter le deuil
De ce qui fut longtemps, ô France, ton orgueil....
Des siècles où ta race, aujourd'hui désunie,
Put créer son pouvoir, sa langue et son génie.
Ce long passé n'est pas la grande erreur de Dieu,
Pour qu'on veuille de nous un lâche désaveu.

SCÈNE V

LE MARQUIS, ROGER

BELFORT

Je vous savais ici, Roger.

ROGER

Fils de l'Alsace,
Au moment de l'appel, je me trouve à ma place.

BELFORT (pensif).

Nous l'aurons donc vécu, ce jour de l'option!
Chacun des choix pour nous, c'est l'abjuration....
Il faudrait renoncer à tout ce que l'on aime,
Pour peser de sang-froid les deux parts du dilemme:
Ou quitter le pays, ou devenir Prussien....

ROGER

Vous hésitez?

BELFORT

Non pas. Moi, je reste Alsacien.
(Geste de surprise de Roger).
On nous contraint d'opter; le vainqueur nous menace:
« Ou la Prusse, ou l'exil ». J'opterai pour l'Alsace.

ROGER (froid)

Moi, je reste Français.

BELFORT

Ah! (Pause.) Vous opposez donc
Le corps au bras coupé; aux rameaux secs, le tronc?

ROGER

Et vous? Vous allez voir l'exil et la souffrance
De l'Alsace-Lorraine émigrant vers la France;

Tout un peuple, pour fuir l'esclavage odieux,
Comme on portait jadis les images des dieux,
Prenant l'âme des morts encor dans leur poussière,
Pour qu'il n'en reste rien dans la vieille frontière ;
Les mères, enlevant leurs enfants au berceau ;
Les conscrits de l'année, accourant au drapeau ;
Les prêtres, entourant leur vieille croix proscrite ;
Vous les verrez partir, sans qu'un seul d'eux hésite,
Le cœur brisé, mais plein d'un espoir immortel,
Baisant à chaque pas le sol comme un autel ;
Regrettant que l'Alsace assiste à cette scène,
Comme cette moitié qu'on prend de la Lorraine,
Sans partir avec nous, sans pouvoir s'arracher
A son méridien allemand, et marcher
Avec son horizon, ses villes, ses campagnes,
Ses clochers et ses nids, ses eaux et ses montagnes,
Avec tout ce qu'elle est, pour ne point s'arrêter
Que sous le ciel de France.... Et vous pouvez rester !

BELFORT (froid).

Pour nous, c'est le devoir, non l'amour, qui varie ;
Tous les deux nous n'avons qu'une même patrie.

ROGER (dans une grande excitation).

Dois-je vous rappeler par hasard votre nom ?
Il en est temps encore ; venez avec nous....

BELFORT (calme).

Non !

ROGER (même jeu).

Vous n'allez pas signer à l'acte de conquête !
Les émigrés sont là ! Mettez-vous à leur tête !

BELFORT (ému, mais avec fermeté).

Ils sont cinquante mille.... Il en reste un million....
Pensez au lendemain de notre annexion.
Un peuple tout entier, renversé, sans racines,
Ne trouvant plus son âme au milieu des ruines ;
Enfants, femmes, vieillards, même les vieux soldats
Qui ne peuvent marcher, pris pour des renégats.
Le nom de France fait un reproche, un outrage....
Oh ! non ! n'ajoutez pas la honte à l'esclavage.
(Émotion de Roger.)
On va se partager, je sais ; mais la moitié
Qui reste a plus de droits que l'autre à ma pitié.
Je me dois de mourir avec elle, en Alsace.
Si nous partions, bientôt ils prendraient notre place.
On ne livre un pays jamais à l'étranger ;
Et fût-ce l'agonie, il faut la prolonger.
A quoi servirait donc alors la haute classe,
Si, dans les jours d'épreuve, elle émigrait en masse,
Et si nous désertions nos châteaux et nos rangs,
Laissant le peuple, sans ses chefs, aux conquérants ?
Notre province, c'est notre vieille patrie.
Faut-il qu'un de ses fils, qu'elle aime, l'injurie ?
Prisonniers et vaincus, sous le joug des Teutons,
Esclaves de la glèbe ? Oui, c'est vrai, nous restons.
Sous la conquête ici nous ferons tous la chaîne,
Pour retenir l'amour et pour barrer la haine.

C'est notre tâche à nous de faire qu'à jamais
Le pays garde au cœur ses souvenirs français,
Et que, voyant pousser la nouvelle semence,
On se dise aussitôt : *Les champs où fut la France....*

(Roger lui tend la main qu'il étreint.)

Adieu ! N'oubliez pas que, s'il est un de nous
Qui pourrait envier l'autre, ce n'est pas vous....
Car pour vous, les Français,

(En prononçant ce mot, il éprouve une forte commotion.)

Où que l'exil vous chasse,
La France remplira le rôle de l'Alsace.
Je reste pour que vous, Roger, puissiez partir;
Vous êtes le héros, mais non pas le martyr.

ROGER

Vous valez plus que moi ! Pardonnez mon outrage;
Pour un tel sacrifice, il faut double courage.
Vous renoncez à tout.... Ah ! si je le pouvais !
Alsacien, vous en seriez deux fois Français....

(L'embrassant, en larmes.)

La France embrasse en vous ses vivantes reliques,
Qui saigneront toujours à nos heures tragiques.

BELFORT (passant de l'autre côté de la salle).

Ma vie était déjà, Dieu le sait, amoindrie
De l'amour, et je perds maintenant la patrie.

(Belfort sort en montrant à Roger Clotilde qui vient.)

SCÈNE VI

ROGER, CLOTILDE

ROGER

Vous avez mon serment, mais il est entre nous
Un abîme — l'honneur.... Vous le comprenez, vous.
Votre nom est celui qui hait le plus ma race;
Il n'a laissé chez nous qu'une sanglante trace.
Ce nom que vous portez, ce nom de vos aïeux,
Reste comme un détroit de sang entre nous deux.
Un mot seul vous dira ma terrible souffrance :
Je ne puis vous aimer, je suis sans espérance.
(Clotilde hésite.)
Votre esprit n'est-il pas, Clotilde, convaincu?
Je suis Français, soldat et, plus que tout, vaincu.

CLOTILDE

Je vous rends sans regret, Roger, votre parole.

ROGER

Sans regret! Est-ce un mot, Clotilde, qui console?

CLOTILDE

Sans regret, car je puis vous garder mon amour.
Celui-là... je vous l'ai tout donné sans retour.

ROGER

Si votre nom avait, Clotilde, moins de gloire,
S'il ne répandait pas le deuil dans notre histoire,

Je vous dirais : « Allons le cacher dans l'amour,
Dans cette ombre qui craint la lumière du jour ».
Qui douterait de moi dans toute la Lorraine?
Mais ce nom est trop grand; la France en serait pleine.
Noyé dans son éclat, mon titre, tout ancien,
Loyal, français, qu'il est, en paraîtrait prussien.

CLOTILDE

Depuis le jour, Roger, où notre paix fut faite,
Nous sommes des vaincus aussi de la conquête.

ROGER

Votre mère, je l'ai vue une nuit....

CLOTILDE

Je sais.

ROGER

Au quartier allemand.... Est-ce d'un cœur français?

CLOTILDE

C'est d'un cœur héroïque....

ROGER

Ah! parlez donc de grâce!

CLOTILDE

Elle avait cru pouvoir vous conserver l'Alsace,
Ou du moins la Lorraine, et, sans peur ni remords,
Dédaignant l'infamie, à l'égal de la mort,

Elle partit un jour pour Versailles. Sans doute
Vous étiez un de ceux qu'elle a vus sur sa route....
Mais elle avait compté aussi sans le destin,
Qui, pour bien égaler l'instrument au dessein,
Avait mis sur mon père une triple cuirasse,
Et remplacé son cœur par le cœur d'une race.
Et ma mère, ignorant le cruel changement,
Au lieu de son époux a trouvé l'Allemand.

ROGER

Je n'espérais plus rien, mais je me sens renaître.
Dieu ne m'a pas trompé, me laissant vous connaître.

CLOTILDE

Hélas! Roger, toujours il reste entre nous....

ROGER

Quoi?

CLOTILDE

Un obstacle....

ROGER

Est-ce vous qui parlez?

CLOTILDE

Oui, c'est moi.
Je ne puis, ni ne dois, être un jour votre femme.

ROGER

De grâce! vous allez tout briser dans mon âme.

Vous avoir retrouvée et vous perdre aussitôt!
Pourquoi donc m'avez-vous fait remonter si haut?
Pourquoi, lorsque, à jamais, je vous croyais perdue,
M'avez-vous fait penser que vous m'étiez rendue?

CLOTILDE

Il me coûtait beaucoup de vous laisser songer
Que ma mère n'était plus Française, Roger.
Non! L'obstacle nouveau, le seul vrai, qui se place
Entre nous, ce n'est pas notre nom, c'est l'Alsace;
Car elle ne saurait la quitter sans mourir....
Et c'est moi seule qui peux l'aider à souffrir,
Et faire encore un jour peut-être qu'elle espère,
Pour pouvoir pardonner, dans son cœur, à mon père.

ROGER (après une pause. On entend l'appel des émigrés).

Rien ne peut désormais nous séparer! Non! Rien
Ne saurait plus briser cet éternel lien,
Cette chaîne de joie, autant que de souffrance,
Dont le dernier anneau serait un jour la France.
Je me sens maintenant certain de vous avoir;
L'Alsace et vous, ces deux amours dans un espoir,
Ces deux grandes douleurs, chacune la plus sainte,
Me riveront à vous.... Ah! quelle forte étreinte!
Clotilde, écoutez-moi.... Je n'ai jamais douté!...
Mes yeux seront toujours tournés de ce côté,
Et le jour où la France, encore à demi morte
Et le flanc droit ouvert, se relèvera forte
Et pourra regarder en face l'étranger,
Nous nous retrouverons....

CLOTILDE (sans croire à l'avenir).

Je vous attends, Roger.

(A ce moment Belfort entre avec Hélène et le Duc. Ils ouvrent toutes grandes les fenêtres du fond. Clotilde les rejoint. On voit le village et la route encombrés d'émigrés : hommes, femmes, enfants, entourés de leurs parents et amis, beaucoup en costumes alsaciens, en voitures et en charrettes. Le départ devient à chaque instant plus nombreux.)

FIN DU TROISIÈME ACTE

ACTE IV

Un autre appartement du même château.

SCÈNE I

CLOTILDE, WALDEMAR

WALDEMAR

Vous m'avez révélé votre amour....

CLOTILDE

Je le sais.
C'est aussi vrai qu'alors.

WALDEMAR

Vous aimez un Français.
Le bonheur vous attend par delà la frontière ;
Ne restez pas ici, Clotilde, prisonnière....

CLOTILDE

De quel droit voulez-vous m'imposer le bonheur?

WALDEMAR

Du droit de votre père, à présent Gouverneur
De l'Alsace-Lorraine....

CLOTILDE

Ah! pensez à ma mère!

WALDEMAR

La douleur du départ ne serait qu'éphémère.
Je dois penser à vous....

CLOTILDE (fondant en larmes).

Elle en mourrait demain.

WALDEMAR

Pour la sauver la France est le meilleur chemin.
(Il fait un geste dans la direction de la France.)
Notre dessein n'est pas, croyez, une manœuvre.
Qu'elle parte pour voir son grand pays à l'œuvre
De réparation, sous le joug étranger,
Et bientôt libéré.... Qui pourrait le songer?
Si vous restiez, Clotilde, au lieu de ce miracle,
Vous auriez devant vous tout un autre spectacle ;
Vous verriez ce pays, perçant le sédiment
Qui l'a couvert, hausser son vieux fond allemand.
Il reste là malgré deux siècles de conquête;
C'est du limon du Rhin que notre terre est faite;
Et par le seul effet de cette affinité,
Par la langue où l'ancien amour est incrusté,
Et qui sauve, à travers tous les écarts, la race,
Vous verriez notre Enfant prodigue, notre Alsace,
Reconnaissant enfin son père en son vainqueur,
Allemande de sang, le devenir de cœur....

CLOTILDE (se recueille un moment, à part, regardant dehors).

Le soc de Dieu laboure au plus profond la terre;
Tourné vers l'avenir, le Semeur solitaire,

Dans des sillons nouveaux, verse d'autres moissons,
Et ses âges n'ont pas le retour des saisons.

(A Waldemar.)

Nous devons obéir... nous fier à mon père...
Il veut notre bonheur.... Il l'aime encor, j'espère!
Hé bien, ce qu'il attend de moi, je le ferai.

WALDEMAR

J'en étais sûr, Clotilde. Il vous en saura gré.

(Une pause.)

Une fois dans mon cœur, d'une main incertaine,
Pour étouffer l'amour, vous avez mis la haine;
Mais la haine ne peut tenir lieu de l'amour,
De même que la nuit ne tient pas lieu du jour.
Et savez-vous pourquoi? (Pause.) La voici : c'est qu'en somme,
La haine reste au peuple et l'amour reste à l'homme.

(Sans pouvoir dominer son émotion.)

Et j'en reste brisé, n'aspirant qu'à finir,
Pris par la roue aux dents de fer du Devenir.
Vous m'avez dit un mot qui déchira ma vie :
« Le Français, lui, n'a pas de haine, ni d'envie ».
Comme peuple, c'est vrai, car il est trop léger
Pour apprendre jamais ce que vaut l'étranger;
Mais comme homme, c'est faux, croyez-le sur mon âme.
Vous aimez un Français. Quand vous serez sa femme,
Dites-lui qu'un Prussien vous jeta dans ses bras,
Parce que vous l'aimiez. Il ne vous croira pas.
La gloire sans l'amour! Le vide! ...L'épouvante
Me saisit.... Je descends une fatale pente....

CLOTILDE (lui tendant la main).

Que de débris l'amour près de nous a semés !
Ceux qu'il n'appelle pas sont ses vrais bien-aimés.
(Une pause.)
La source du bonheur pour nous deux est tarie.
Vous m'avez appelée un jour la Walkyrie :
C'est bien là mon destin.... Oui, mon cœur le pressent,
Je ne saurais aimer qu'un mort....

WALDEMAR (à part).

Ou qu'un absent....

(Il sort très troublé, voyant venir Hélène.)

SCÈNE II

CLOTILDE, HÉLÈNE, LE MARQUIS ET L'ABBÉ KIRCHBERG

HÉLÈNE (continuant sa conversation avec l'abbé).

Le maire de Strasbourg ?

L'ABBÉ KIRCHBERG

Quand il allait mourir ?
Retardant le moment de son dernier soupir,
« Je proteste, dit-il, contre le droit barbare
Qui coupe en deux la France et qui nous en sépare ! »
Et tandis que nous tous, ôtages de la paix,
Nous pleurions, plus heureux, il était mort Français.
(Émotion d'Hélène.)

HÉLÈNE

Et vous pouvez toujours, vous, croire à la promesse
De cette belle mort?...

L'ABBÉ KIRCHBERG

Lorsque, pendant la messe,
Je murmure tout bas : « Je ne vaux pas, Seigneur,
Que tu daignes entrer sous le toit de mon cœur,
Mais dis un mot, un seul, pour consoler mon âme,
Elle en sera guérie, » ah, je l'entends, madame!...
Me tournant pour bénir tout le peuple à la fois,
C'est le Français qui fait le geste de la croix!

(Il fait le geste de bénédiction. Il entre en la chapelle.)

HÉLÈNE

Je n'ai plus de courage et je sens que cette heure
Va me déchirer l'âme. Je crains que je ne meure
Avant de t'embrasser au bras de ton époux,
Sans te rendre en bonheur ton dévouement pour nous.
Mais je ne te plains pas, cette mort te délivre,
Et tu vas commencer, en me perdant, de vivre :
A moins qu'avide encor d'autres renoncements,
Tu ne veuilles rester parmi les Allemands,
Oubliant ton amour, pour consoler ton père.
Ah! c'est lui que je plains.

CLOTILDE (se rapprochant).

Oui! tu fus trop sévère.

HÉLÈNE

Son courage a failli certes, mais qu'aurait pu
Un homme contre un peuple? Et si tout est rompu
Entre nous, quelquefois je me surprends moi-même
A plaider devant moi sa cause en pleurs....

CLOTILDE

Il t'aime.

(A Waldemar, bas.)

De grâce, Waldemar, nous pouvons la sauver,
Si mon père le veut.

WALDEMAR

Je m'en vais le trouver.

(Il sort. Silence.)

HÉLÈNE

Ah! l'amour, le bonheur que la jeunesse envie,
Qu'est-il presque toujours? Ce qu'il fut dans ma vie :
Le privilège amer pour deux êtres, entre eux,
De se rendre l'un l'autre à jamais malheureux.

(Appuyée sur le bras du marquis, elle se dirige vers la chapelle, où l'abbé Kirchberg la reçoit.)

SCÈNE III

LE MARQUIS (seul, regardant la chapelle).

Oui ! la confession ! Le courage suprême....
C'est l'homme se montrant à découvert, lui-même.

Que de fois a le Temps scellé dans le tombeau
Des âmes dont le monde à peine eut un lambeau?
La pensée est profonde et l'action la cache;
La vie en sa surface est unie et sans tache;
Les gouffres sont fondus dans l'ombre des sommets....
L'homme vrai, c'est celui que l'on n'a vu jamais.
Ce fut ton rêve, ô Christ, et c'est un divin songe,
De vouloir qu'ici bas tout ne fût pas mensonge;
Que dans la mort, au moins, le masque soit jeté.
La confession, c'est ce peu de vérité....

(Il sort lentement.)

SCÈNE IV

WALDEMAR ET HENRI

WALDEMAR

Clotilde va venir. Restez-là. La princesse
Est si souffrante et si mal qu'elle se confesse,
De crainte de mourir même avant le départ.

HENRI

Merci, comte, sans vous j'arriverais trop tard.

(Il s'assied pensif.)

WALDEMAR (le regardant, à part).

Le lion, lorsque, sombre, il voit, devant sa cage,
La foule s'arrêter, sait maîtriser sa rage.
Immobile, muet, l'œil de topaze ouvert,
Il reste encor le roi, détrôné, du désert.

Ne daignant pas se plaindre, enfermé, sans espace —
Sa poitrine toujours pour son cœur aura place —
Il mesure d'un pas son domaine nouveau,
Puis étanche sa soif dans une goutte d'eau,
Sans paraître sentir le mal qui le consomme,
Ni sentir sur ses crins peser le joug de l'homme.
Sa douleur n'est qu'à lui, qui la défend.... En vain
On veut y pénétrer à travers son dédain;
Il la cache et, tout seul, dans la nuit il l'exhale
Par un rugissement, parti de son cœur mâle.

SCÈNE V

LES MÊMES, CLOTILDE

CLOTILDE

Ah! mon père! Enfin, vous!

HENRI (l'embrassant avec effusion et longtemps, puis lui montrant Waldemar, qui sort).

Clotilde, tu le crois
Un cœur pétri de haine, un rêtre d'autrefois....

(Geste de dénégation de Clotilde.)

Mais sa vengeance est noble....

CLOTILDE

Ainsi je l'ai comprise.

HENRI

Aucune âme au malheur ne donne plus de prise.

CLOTILDE

Vous devez m'oublier! Il faut penser d'abord
A la sauver.... Elle est à deux pas de la mort.
Oh! vous l'aimez toujours, et de toute votre âme....
Sauvez ma mère au moins! Non! sauvez votre femme!

HENRI

Eh bien, vous resterez en Alsace....

CLOTILDE

Merci!
D'avance je savais que vous feriez ainsi.

(Elle l'embrasse, Hélène paraît à la porte de la chapelle.)

HENRI

Ah, ta mère....

CLOTILDE (troublée).

Partez!

HENRI

Je veux la voir... une heure!
Pour la dernière fois....

CLOTILDE

Craignez qu'elle n'en meure!

HENRI (bas.)

Ma fille, ta pitié n'est que pour un de nous.

CLOTILDE (bas, avec tendresse).

C'est toi, donc, que je plains, et je reste entre vous.

(Hélène marche lentement et voyant Henri avec Clotilde, qui semble le protéger de son dévouement, fait un geste pour qu'elle la laisse seule avec son mari.

SCÈNE VI

HENRI ET HÉLÈNE, PUIS ROBERT.

HENRI

Je pensais à Clotilde; elle aime, elle est aimée.
Autant vaudrait l'avoir à jamais enfermée
Dans quelque monastère, où son cœur, nuit et jour,
Portât comme un silice éternel son amour,
Que de l'ensevelir dans ce tombeau d'Alsace.
Pour la faner il n'est de plus aride place....
Mais puisque vous souffrez d'avoir à la quitter,
Et que vous l'aimez tant, vous deux pouvez rester.

HÉLÈNE

La force m'a manqué pour aller jusqu'au terme
Du sacrifice, mais mon cœur est toujours ferme.
Je me sens aujourd'hui prête pour le départ;
Ordonnez, j'obéis; demain serait trop tard.

HENRI

Hélène, vous souffrez... vous vous mourez....

HÉLÈNE

De grâce !
Laissez-moi maintenant. Je me sens déjà lasse;
Et ce cœur, dont je n'ai dans mon sein qu'un lambeau,
Avec tous ses regrets, je le porte au tombeau.
Je veux française, au moins, ma dernière haleine....

HENRI

Ah ! craignez d'y mêler à la douleur la haine.

HÉLÈNE

Vous voudriez donc rester auprès de moi, pour voir
L'Alsace devant vous s'éteindre sans espoir ?

HENRI

Non ! Je voudrais rester près de vous, de la femme,
Dont l'amour brilla seul dans la nuit de mon âme....
Vous m'avez demandé ce que je ne pouvais :
Le soldat fait la guerre et le pays la paix.
Il me faudrait briser à vos pieds mon épée.
Vous dites que vingt ans je vous aurais trompée....
Et ne pourrais-je pas me croire aussi trahi ?
Je vois notre foyer par la haine envahi.
Je vous aime pourtant comme en notre jeunesse.
Mais d'où que cette crainte ou ce doute renaisse,
N'est-ce pas que vingt ans vous m'avez empêché
De lire en votre cœur ; que vous m'avez caché
Ce souhait, le premier de votre âme jalouse,
Où la mère eut toujours pour complice l'épouse ?

HÉLÈNE (se relevant avec effort).

Mais de quoi voulez-vous m'accuser ? Je ne sais
Quel était ce désir....

HENRI (lentement).

Que Robert fût Français !

(Émotion contenue d'Hélène.)

Et vous n'avez rien vu qu'un dévoûment sublime,
Hélène, en ce complot, avec Dieu... dans ce crime !

Oh! combien de fois seule avec le crucifix
Ne lui demandiez-vous de m'enlever mon fils?
Mais, ce sanglot longtemps étouffé, je l'exhale.
Dites, chez vous, la mère a-t-elle été loyale?

HÉLÈNE (avec émotion et s'animant peu à peu).

J'ai voulu que Robert, c'était mon sentiment,
Eût des instincts français dans un cœur allemand.
Il était votre fils.... Je n'étais pas jalouse,
Et la mère jamais n'a corrompu l'épouse....
Il vous appartenait. Un moment j'ai frémi
A penser que mon fils serait un ennemi.
Mais même l'ennemi, lorsqu'il est magnanime,
Le vaincu lui pardonne et le vainqueur l'estime....
Voilà, depuis l'instant où mon sein le conçut,
L'Allemand, le Prussien, que je voulais qu'il fût.
Mais maintenant sachez, si j'avais dans mon âme,
Dans ce souffle dernier que Dieu donne à la femme,
Assez de force encor pour laisser à jamais
Mon empreinte sur lui....

HENRI

Vous le feriez Français?

HÉLÈNE

Oui, Français, et deux fois : de naissance et de race,
Pour être né de moi sur la terre d'Alsace....

HENRI (avec animation, l'interrompant).

La patrie est pour lui bien plus que le morceau
De terre où le hasard aura mis son berceau.

HÉLÈNE

Français, oui, par la loi de la grande souffrance.

HENRI

Madame, épargnez-vous cette folle espérance....

HÉLÈNE

Mon unique témoin assistant à ma mort,
Pour recueillir l'aveu brûlant de mon remords....
(Voyant Robert, se reprenant.)
Oui, Français par moitié....

HENRI

Non! arrêtez, Hélène!

HÉLÈNE

Vouant à la conquête une implacable haine;
Aimant notre pays de tout son cœur depuis
Que le mien fut brisé....

ROBERT (qui a seulement entendu les derniers mots, doucement à sa mère).

Ce Français, je le suis....

FIN DU QUATRIÈME ACTE

ACTE V

Même décor.

SCÈNE UNIQUE

HENRI, HÉLÈNE, ROBERT, PUIS CLOTILDE, LE DUC, BELFORT, WALDEMAR, HERZ, L'ABBÉ KIRCHBERG.

HÉLÈNE (attirant Robert à elle).

O mon fils, mon enfant! Plus près! que je te voie.
Robert, je t'attendais, et c'est Dieu qui t'envoie!

ROBERT

J'ai reçu vos deux noms et le dernier d'entre eux
Que je renoncerais, c'est le plus malheureux.
(Montrant Hélène.)
Je dois payer le prix infini de ses larmes,
Mon père, en refusant de porter dans mes armes
L'aigle de Prusse avec l'aigle de Brandebourg,
La noire emportant Metz, et la rouge Strasbourg.

HENRI

Ainsi, tu n'avais pas assez d'être un transfuge;
Il te faut plus encore et tu te fais mon juge.
Qui donc a pu rayer de ton cœur ce serment,
Que j'avais fait pour toi, de soldat allemand ?

Cette première loi, dans le sang même écrite :
On n'adopte jamais sa patrie, on l'hérite !

(A Hélène.)

Vous avez réussi ! Vous les aviez donnés,
Mes enfants, à la France, avant qu'ils fussent nés.
Pour m'infliger le coup de cette peine amère,
Vous avez violé le dépôt de la mère.
Je puis vous pardonner : rendez à mon pays
L'héritier de mon nom....

HÉLÈNE

Non ! Je reprends mon fils
Pour ma part. Que la France, après ce long supplice,
Sache que je ne fus jamais votre complice,
Lorsque, par mon amour, je devins l'instrument,
Sans m'en douter, mon Dieu, de son démembrement.

ROBERT

Non ! elle ne m'a dit jamais dans mon enfance
Un mot où l'Allemand pût trouver une offense....
J'aimais vos deux pays en vous aimant tous deux,
Et le jour seulement où, devant moi, l'un d'eux
Tombait aux mains de l'autre, en mon âme meurtrie,
J'ai senti que j'avais une double patrie.

HÉLÈNE (rassérénée).

Si Français, à moitié, Robert, je t'ai conçu,
C'est que Dieu même a fait son œuvre à mon insu,
Et qu'il a rejeté mon entier sacrifice.
Oh ! la miséricorde est sa grande justice !

Pourquoi ne suis-je née au temps de nos succès,
Quand un fils de Française était toujours Français?
Tu m'apportes, mon fils, à défaut de courage,
La force du pardon, et la pitié soulage....

HENRI (à part).

Je n'ai plus rien à faire ici : dès ce moment,
Je serais, pour tous ceux que j'aime, l'*Allemand.*

(Henri veut sortir. Clotilde, qui entre, le retient.)

CLOTILDE

Vous n'irez pas mourir seul, au loin, sans famille.

HENRI (doucement, l'écartant)

Laisse-moi.

CLOTILDE

Vous avez oublié votre fille.
Mais je m'attache à vous ; où vous irez, j'irai.
Ne me repoussez pas. Partons! Je vous suivrai.

(Embrassant Henri et se plaçant à côté de lui, en larmes, à Hélène.)

Mère, vois désormais quelle sera ma place....
Il est mon père et non le conquérant d'Alsace....

HÉLÈNE (lui souriant, émue).

Tu n'as jamais aimé qu'à te dévouer, toi!

CLOTILDE

Il n'a personne, lui, personne, excepté moi....

HÉLÈNE (l'approuvant).

Et Roger ?

CLOTILDE

Il m'a dit : « J'ai deux espoirs dans l'âme :
L'Alsace, mon pays; vous, qui seriez ma femme. »
S'il en perd un, du moins l'autre lui restera;
C'est toujours au milieu d'un rêve qu'il mourra.

ROBERT (courbant le genou devant Henri).

Père, votre pardon !

HENRI

La douleur qui m'opprime
Ne me laisse pas voir où s'arrête ton crime....
Accomplis ton destin; mais tu ne pourras, toi,
Te plaindre, si jamais, comme j'en ai la foi,
Ayant un fils, il veut reprendre son vrai titre;
S'il se place entre nous, s'il se fait notre arbitre,
Et que, trouvant alors son grand-père innocent,
Il rattache en ta vie encor le nœud du sang.
Répète-lui l'appel que j'adresse sans crainte
A ton premier-né, moi; laisse-le, sans contrainte,
Décider qui de nous lui transmettra son rang :
Le père déserteur, ou l'aïeul conquérant.

(Une pause.)

ROBERT (très faible, bas à son père).

Non, père, ne crains rien pour le nom de ta race.
Mon partage entre vous ne laisse aucune trace,

Je meurs soldat prussien ; le reste est à l'oubli.
Mon secret dans la mort est bien enseveli....

(Doucement, voyant l'alarme de son père.)

Oui, je ne vivrai pas....

HERZ (entrant).

Hier, en ma présence,
Écoutant des propos trop cruels pour la France,
Il les a relevés, se croyant offensé.
Un combat s'ensuivit, il en sortit blessé ;
Et, malgré le péril d'une si longue étape,
Il partit, seul, la nuit....

HENRI

Oh ! le coup qui me frappe !...

HERZ

Voulant, il m'en montra la ferme intention,
Se donner à vous deux le jour de l'option.

ROBERT (très faible).

Je dois vous dire un mot, un seul, pour ma défense.
Qu'il ne vous blesse pas, n'y voyez pas d'offense....

HENRI (à Herz).

La blessure, où fut-elle ?

HERZ

A travers le poumon.

ROBERT

Ce fut le jugement, père, de Salomon.
(Pause.)
J'héritai vos deux sangs, leurs haines, leurs colères;
J'étais au confluent de ces courants contraires,
Se repoussant, l'un l'autre, et débordant tous deux;
Je flotterais toujours comme un débris entre eux.
Je ne puis effacer l'empreinte de ma mère.
Aucun cœur ne détruit lui-même sa chimère....
Neutre entre vos pays, je me voyais errant,
Aujourd'hui sans patrie et demain émigrant.
(Il fait un geste comme voulant montrer un pays lointain.)
J'étais dans ton foyer un étranger, un hôte.
Père, pardonne-moi! Ce ne fut pas ma faute.

HENRI

Oh! non! Ce fut la mienne, en voulant assembler
Ce qui ne peut encor s'unir et se mêler....

HÉLÈNE (voyant sur le mouchoir que Robert tient à la bouche une tache de sang).

Robert! Du sang! Mon fils!

ROBERT

Oui, je meurs pour la France,
Et je t'apporte ainsi, mère, la délivrance;
Votre erreur à tous deux, je la répare, moi....

HENRI (à part).

La nature et l'honneur, c'est une seule loi.

ROBERT

Vos pays sont toujours en marche vers la gloire.
Ils se rencontreront encore dans l'histoire,
Et Dieu seul sait quel prix alors vaudra la paix,
Ce que paieront pour elle Allemands et Français.
Quand tous deux ils n'auront qu'une pensée unique,
On pourra dire enfin : « Le monde est pacifique. »

CLOTILDE (qui est entrée, à Robert).

Mon Robert! Souffres-tu? Mon frère, tu m'entends?

ROBERT (à Clotilde avec un sourire).

Ce qui germe trop tôt ne peut durer longtemps.
(Puis à Henri.)
Père, tu l'as senti par ta propre souffrance,
L'Allemagne elle-même a besoin de la France.

(Henri fait un geste de profond assentiment. L'abbé Kirchberg, qui a é t appelé, entre et s'approche de Robert; ils se parlent à voix basse; tous s'éloignent; il l'absout. Les grandes fenêtres du fond ont été ouvertes et l'on voit la Cathédrale à l'horizon illuminée par le soleil. Entrent Belfort, le Duc et des vieux serviteurs.)

ROBERT (montrant la fenêtre).

Ouvrez tout! Je voudrais, pour la dernière fois,
Voir, au soleil couchant, la Flèche.... Je la vois.
Mère, regarde-la, la vieille cathédrale;
Elle est le testament de foi nationale.
Comme elle, bâtissons dans nos cœurs, lentement,
Une autre cathédrale, un autre testament....
Mettons tout en commun, tout, excepté la haine;
N'ayons qu'un seul amour, pour l'Alsace-Lorraine!

Quel que soit son destin, c'est là notre pays.
Qu'il garde la fierté des peuples envahis,
Tant que, dans son foyer, en éternel otage,
En terre de frontière, entrera l'esclavage....
De longs siècles déjà, de chagrin en chagrin,
Les larmes de ses yeux enflent les flots du Rhin....
Sa seule loi, toujours, fut le fer, la conquête,
Et le glaive est encor suspendu sur sa tête....
Maintes fois on sema sur son sol ravagé
D'autres races; son cœur et son sang fut changé.
Nul pays n'encourut fortune si cruelle.
Mais sachons bien l'aimer, notre Alsace fidèle,
Et, comme cette Flèche a monté dans l'azur,
Doucement, par degrés, du vaste amas obscur,
Elle verrait encore, en sa nuit de souffrance,
Du fond de sa douleur, se dresser l'espérance,
Aux saluts de l'amour allemand et français,
Vers le jour lumineux de l'immuable paix.

(Il expire, le regard tourné vers la Flèche, souriant à ceux qui l'entourent.)

HENRI (voyant Robert mort).

« Bienheureux les doux, car ils possèdent la terre. »
O monde, est-ce donc là la clef de ton mystère?

(Henri et Hélène se regardent anéantis, en s'agenouillant auprès du corps de Robert. Puis ils se relèvent lentement.)

HÉLÈNE (tendant la main à Henri).

Je sens la mort bien près.... J'ai le cœur arraché....
Je vivrai comme un lierre à sa tombe attaché....

. Mais vous,

(Avec grande émotion et montrant Waldemar agenouillé.)

prenez Clotilde et faites qu'elle oublie....

HENRI (avec une invincible tristesse).

Hélène! C'est la mort qui nous réconcilie!

FIN

66 755. — Imprimerie LAHURE, 9, rue de Fleurus, à Paris.

www.ingramcontent.com/pod-product-compliance
Ingram Content Group UK Ltd.
Pitfield, Milton Keynes, MK11 3LW, UK
UKHW021222230726
13926UKWH00003B/1184

9 782019 153571